U0058718

沒毛雞遇見大餓狼

文圖　陳致元

有一天，

森林裡出現了一隻很餓很餓的大餓狼，

他在森林裡到處尋找獵物，

哪個倒楣鬼會被他吃掉呢？

我好餓、
好餓！

大餓狼發現湖面上有一艘小船，
五隻沒毛雞正在划船。

大餓狼摸摸肚子說：
「如果這是五隻在我肚子裡划船的炸雞，
該有多好！」

大餓狼客氣的對船上的五隻沒毛雞說：
「五隻炸雞……喔不，我是說五隻高貴的沒毛雞，
我可以跟你們一起划船嗎？我很會划船喔。」

接著，大餓狼別過頭偷笑：「我也很會吃炸雞喔！」

五隻沒毛雞看了看大餓狼，說：

「我們不跟和我們不一樣的划船。」

大餓狼想了想，說：「如果我變成沒毛狼，

我們就可以一起划船了，對不對？」

五隻沒毛雞沒有回答，划船走了。

「那我們明天肚子裡見囉！喔不，我是說船上見！」

五隻沒毛雞已經划遠了，沒聽到他的話。

大餓狼心想：

「為了美味的炸雞，把毛拔光也值得。」

回家後，大餓狼坐在椅子上，
先試著拔一根毛。
「啊，好痛！如果一根一根拔，
不就要痛好幾次？那不如
痛一次就好。」
大餓狼忽然想到
一個好方法。

他找來好朋友狐狸和大熊來幫忙，
請他們用膠帶把他的全身黏起來，
打算把毛一次拔光。
他們忙了好久，
才把大餓狼從頭到腳都用膠布纏起來，
看起來就像木乃伊一樣。

接著，再一鼓作氣用力一拉。

大餓狼痛得大聲慘叫：「啊——」

然後，大餓狼做了一頂帥氣的雞冠帽子，
他把帽子戴在頭上，頭抬得高高的。

他想像沒毛雞走路和划船的樣子，
在家裡不停的走來走去、走來走去。

大餓狼躺在床上，

想著明天要和五隻美味可口的炸雞一起划船。

「划啊划，划啊划，全部划進我的肚子裡，嘿嘿！

五隻炸雞就有十隻雞翅十隻雞腿五個雞脖子

五個雞屁股和很多很多小雞塊……」

大餓狼興奮了一整晚，直到清晨才睡著。

隔天，大餓狼果然睡過頭了，

到了中午，他才急急忙忙趕到湖邊，

卻發現船上的雞都一身華麗打扮。

原來，今天的主題是華麗派對。

他急急忙忙找東西打扮自己，

趕著參加華麗派對。

沒毛雞一看到盛裝打扮的大餓狼，

全都讚美他是今天最高貴、最優雅的客人，

並邀請他上船。

大餓狼沉醉在讚美中，

暫時忘了肚子的飢餓。

划了一陣子，

大餓狼面對五隻美味可口的炸雞，

肚子不斷發出咕嚕咕嚕的聲響。

五隻沒毛雞聽見了，狐疑的問：「那是什麼聲音呀？」

「那是，」大餓狼張開大嘴：

「想吃掉你們的聲音啊！」

大餓狼追著五隻炸雞在船上跑來跑去。

小船不停的在湖面上晃來晃去。

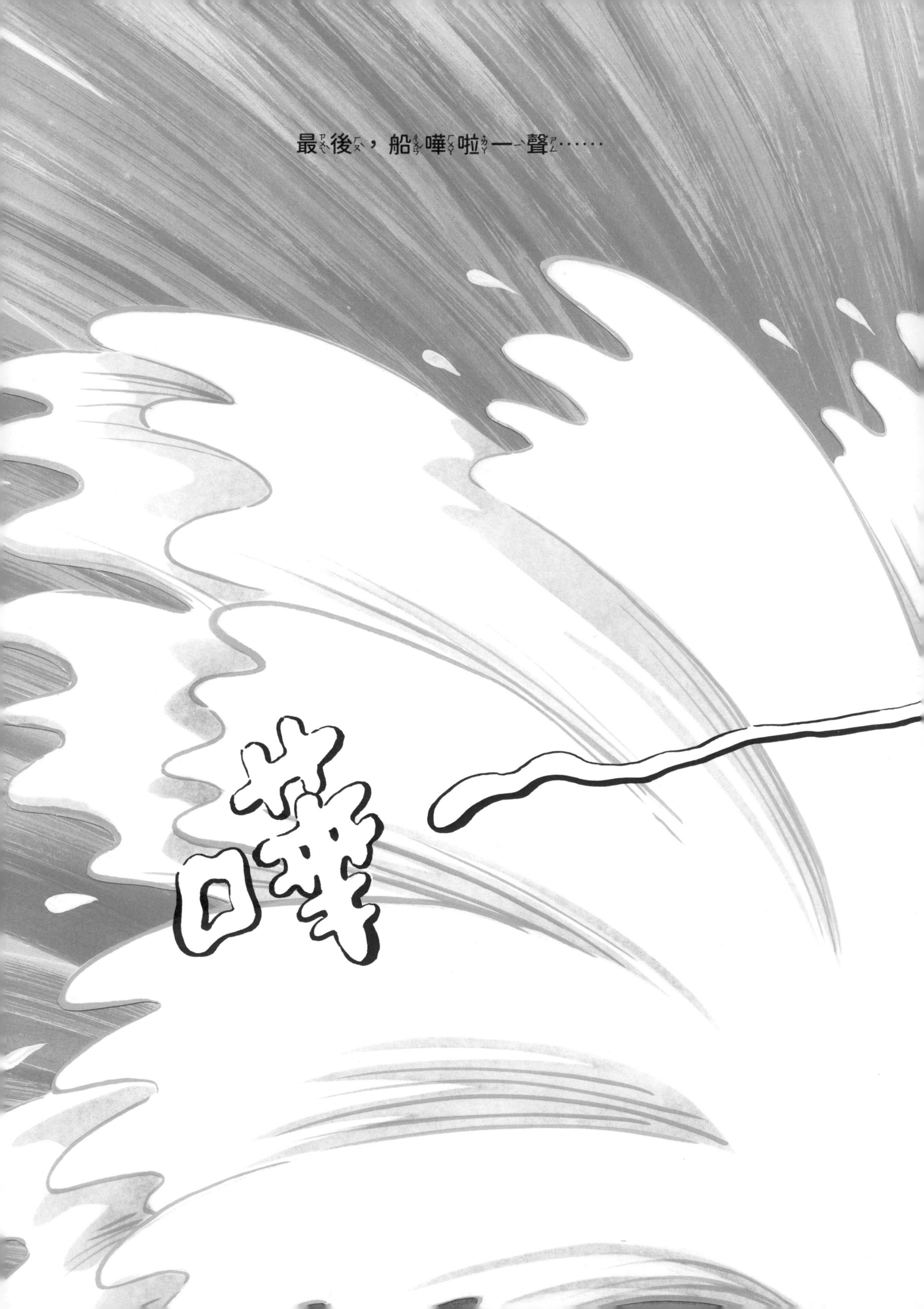
最後，船嘩啦——聲……
轟

五隻沒毛雞和一隻大餓狼全掉進水裡。

啪！

湖面恢復平靜之後，

慢慢浮出一樣又一樣東西。

接著又浮出一隻兩隻三隻四隻五隻沒毛雞。

最後浮出水面的是，

一隻不會游泳的沒毛大餓狼。

五隻沒毛雞，

救起了大餓狼。

大餓狼喝了好多湖水，肚子飽飽的，

一點也不餓了。

他開口問：

「明天划船的主題，

是有毛還是沒毛啊？」

五隻沒毛雞沒有回答，他們抖掉身上的水，
頭抬得高高的，走進樹林裡。

國家圖書館出版品預行編目資料

沒毛雞遇見大餓狼／陳致元 文.圖
-- 第一版. -- 臺北市 : 親子天下股份有限公司, 2024.06
44 面 ; 21.5x29.15公分. --（繪本 ; 362）
國語注音
ISBN 978-626-305-882-8（精裝）

1.SHTB: 社會互動--3-6歲幼兒讀物

863.599　　113006007

繪本 0362

沒毛雞遇見大餓狼

文圖｜陳致元

責任編輯｜謝宗穎　美術設計｜陳珮甄　行銷企劃｜翁郁涵

天下雜誌群創辦人｜殷允芃　董事長兼執行長｜何琦瑜
媒體暨產品事業群
總經理｜游玉雪　副總經理｜林彥傑　總編輯｜林欣靜
行銷總監｜林育菁　副總監｜蔡忠琦　版權主任｜何晨瑋、黃微真

出版者｜親子天下股份有限公司　地址｜台北市 104 建國北路一段 96 號 4 樓
電話｜（02）2509-2800　傳真｜（02）2509-2462　網址｜ www.parenting.com.tw
讀者服務專線｜（02）2662-0332　週一～週五：09:00~17:30
傳真｜（02）2662-6048　客服信箱｜ parenting@cw.com.tw
法律顧問｜台英國際商務法律事務所・羅明通律師
總經銷｜大和圖書有限公司　電話：（02）8990-2588

出版日期｜ 2024 年 6 月第一版第一次印行
定價｜ 400 元　書號｜ BKKP0362P　ISBN ｜ 978-626-305-882-8（精裝）

訂購服務

親子天下 Shopping ｜ shopping.parenting.com.tw
海外・大量訂購｜ parenting@cw.com.tw
書香花園｜台北市建國北路二段 6 巷 11 號　電話（02）2506-1635
劃撥帳號｜ 50331356　親子天下股份有限公司

立即購買 >

親子天下 Shopping

親子天下 有聲故事書

幾ㄐㄧˇ天ㄊㄧㄢ後ㄏㄡˋ……